Collection " Patrie "

J.-FRANÇOIS OSWALD

SOUVENIRS D'UN POILU

30 c.

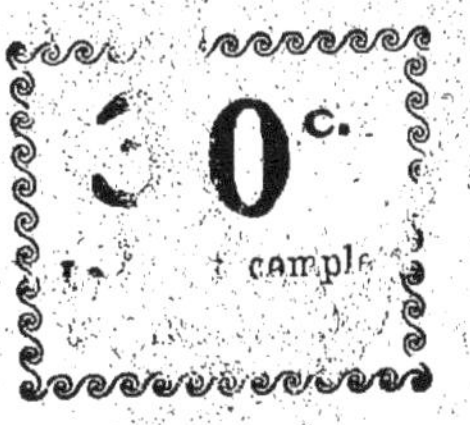

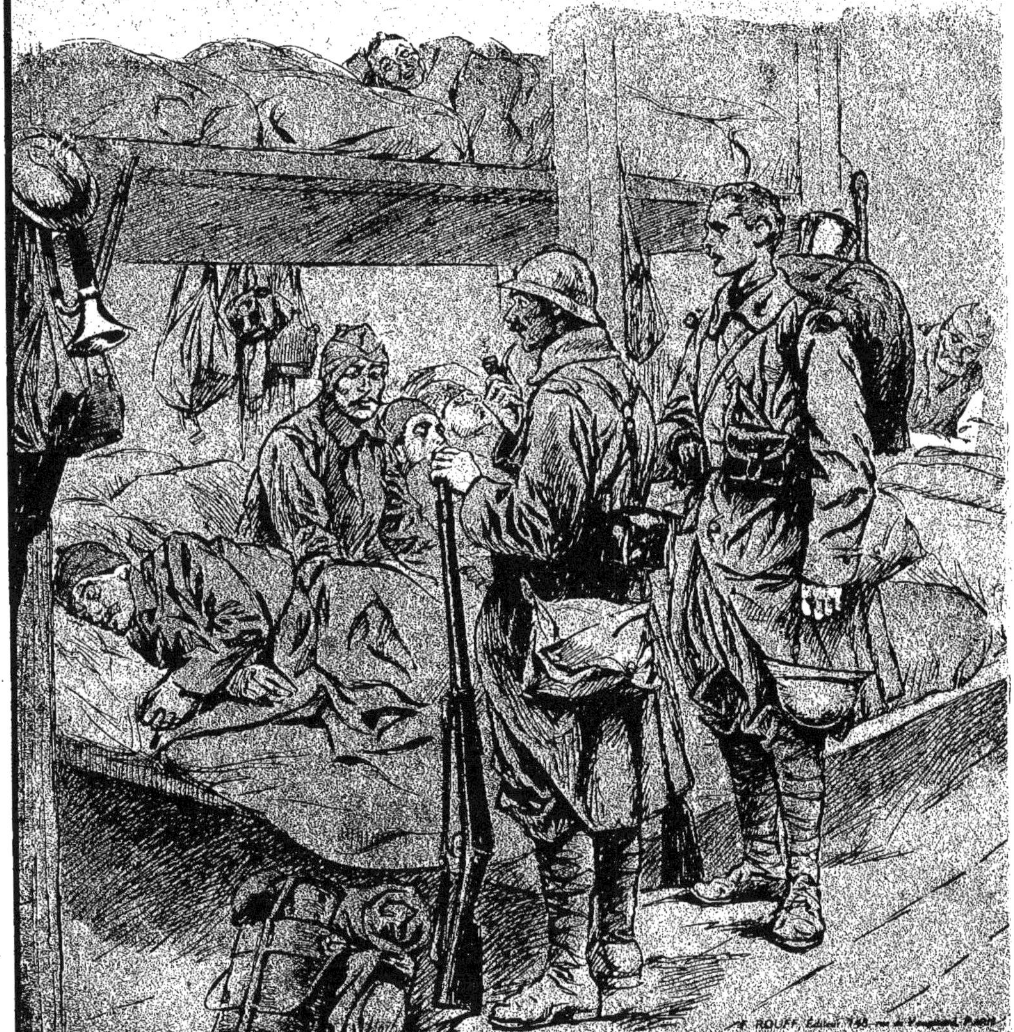

ROUFF, Éditeur, [illegible], PARIS

SOUVENIRS D'UN POILU

Voici — sans observer l'ordre chronologique — quelques-uns de mes souvenirs de la Grande Guerre.

Bien que la paix soit toute récente encore, j'ai eu l'impression, en écrivant ces lignes, de raconter d'étranges cauchemars. L'atmosphère de l'arrière, de la vie normale, est si prodigieusement différente de celle du front, que tout combattant revenu indemne — tout fantassin principalement — doit douter parfois d'avoir été l'un des acteurs de l'immense tragédie.

Je n'ai pas amplifié les faits.

Que le lecteur sache que mes personnages n'ont point été forgés par mon imagination; ils ont existé sous leur nom d'emprunt, et mes récits sont des récits vrais.

Je trouve que si l'homme de lettres a le droit de corser un épisode vécu quelconque, il n'a pas celui de manquer de sincérité lorsqu'il parle du Poilu.

Exagérer tant soit peu, c'est tomber dans la plus grande invraisemblance, car la réalité, hélas! a atteint les limites du drame et de l'épouvante.

J'ai évité, avec soin, la description « bataille ». En relatant les souvenirs que m'ont laissés les attaques auxquelles j'ai participé et les bombardements que j'ai subis, je me serais exposé à me répéter moi-même et à répéter ce que d'autres ont déjà écrit.

Mais entre deux combats, les Poilus redevenus eux-mêmes, momentanément, offrent au psychologue des trésors d'observation variés à l'infini.

Je dédie ce petit ouvrage à mes camarades du 205ᵉ d'infanterie.

I

Pressentiments

C'ÉTAIT au mois d'août 1914, le premier jour de la bataille de Guise. Notre régiment était en réserve. Les quatre sections de la compagnie, disposées en losange, attendaient des ordres pour se porter à l'attaque.

Les hommes étaient exténués et dormaient, affalés sur le sol, le sac au dos, la main étreignant leur Lebel.

Il pouvait être huit heures et déjà le soleil, dans un ciel délavé, était accablant.

Nous étions dans un champ de blé formant crête militaire. De larges gerbes accumulées en dôme donnaient des ombres allongées et symétriques.

A deux cents mètres à peine, une batterie de 75 crachait ferme. Des bruits d'éclatements parvenaient plus ou moins nets, et parfois même les fumées sans densité pointaient au-dessus de notre horizon.

Je somnolais, la face contre terre, lorsque je m'entendis appeler par trois fois. Je me dressai sans enthousiasme :

— Qu'est-ce que tu veux, Roussin?

Roussin était un poilu de mon escouade, un ancien camarade de chambrée. C'était un cultivateur, un large gars robuste et bien planté. A dire vrai, il n'était guère aimé, parce que trop peu communicatif. Il passait des journées entières sans proférer une syllabe. Il vivait toujours à l'écart, semblant perdu en des rêveries sans fin. Sa figure était d'une extraordinaire finesse et surprenait sur ce corps de mâle puissant.

— Qu'est-ce que tu veux, Roussin?

— Des choses à t'dire... c't'assez compliqué... c't'une espèce de confidence en quelque sorte...

Il paraissait embarrassé et les mots venaient mal. Il s'était placé à genoux devant moi, ses mains de rude travailleur à plat sur le sol. Ses yeux évitaient les miens.

— Eh bien, vas-y... fais-la ta confidence.

Il hésitait; un moment je crus même qu'il allait s'en aller; alors plus amicalement, lui donnant une tape sur l'épaule :

— Allons, mon vieux Roussin, n'aie pas peur... Ça fait du bien de confier un secret à un copain... Qu'est-ce que c'est?... Le cafard, hein? Les lettres qui n'arrivent pas?... Parbleu! tu songes à ta femme... Qu'veux-tu, tout l'monde est dans ton cas... On a tous des êtres chers auxquels on ne peut s'empêcher de penser.

Mais Roussin, hochant la tête :

— Non, c'est pas ça... Pour sûr que j'songe à ma femme, mais c'est aut' chose qui m'taquine depuis c'matin... c'est comme qui dirait une obsession (il prononçait une obsassion). J'sais bien qu'c'est idiot, mais c'est pourtant comme ça... En un mot, voilà : qu'que chose me dit que j'vas être transpercé comme une écumoire.

Un instant je restai interloqué, tant je m'attendais peu à des paroles si étranges. Je me contraignis à plaisanter :

— Que me chantes-tu là?... Transpercé comme une écumoire! Ah! ça! es-tu devenu fou?... En voilà une idée saugrenue!

— C'pourtant comme ça... c'est ancré en moi et j'peux pas songer à aut' chose.

— Permets-moi, mon vieux Roussin, de te dire que tu n'es qu'un imbécile... Tu auras vu quelque blessé terriblement amoché, et cette vision te sera restée, voilà tout... Tu sauras que le pressentiment n'existe pas. Personne ne peut prédire l'avenir... Est-ce que l'on prévoyait la guerre, l'an passé? Non, n'est-ce pas? Eh bien, alors?

Roussin m'écoutait attentivement, les yeux voilés de tristesse. Je sentais qu'il serait difficile de le convaincre. Je repris :

— A la guerre tout est hasard. Quels sont ceux d'entre nous qui seront tués ou blessés?... Quels sont ceux qui en reviendront sans une égratignure? Mystère!...

— J'dis pas non!... T'as p't'être bien raison après tout.

Et Roussin se recoucha sur le dos, les yeux fixés sous la visière de son képi qu'il avait rabattu.

. . . .

Ruisselant de sueur, je posai mes deux seaux en toile, et les mains en porte-voix :

— Hé! les gars, v'là la flotte!

C'était la fin du crépuscule, presque la nuit; un restant de lumière errait sur la plaine noyée d'une ombre violette. Nul bruit. Les clairons allemands venaient d'égréner les notes prenantes et lugubres du « Cessez le feu »

Une brise soufflait rafraîchissant délicieusement mes fronts fiévreux, brûlés de soleil. Des silhouettes se découpaient à l'occident sur un ciel de satin mauve.

— A la flotte, les gars! A la flotte!

La phrase se propagea comme un écho. Les hommes accoururent le quart à la main, courbant imperceptiblement le dos par habitude. Ils n'avaient pas bu de la journée et mouraient d'une soif intense. Il y eut une telle bousculade que notre lieutenant fit mettre un caporal, baïonnette au canon, pour interdire l'approche de mes seaux, et disposa ses hommes en file indienne. Il recommanda :

— Buvez à petites gorgées très lentement... Ça désaltère mieux.

Vain conseil. D'un seul trait le quart d'eau était englouti.

Le sergent Charlet qui commandait la deuxième demi-section dont je faisais partie me prit à l'écart et d'une voix basse :

— T'sais, y a eu du nouveau pendant qu't'étais à ta corvée...

— Ah! Quoi donc?

— Un « gros noir » fusant a éclaté au-dessus d'la septième escouade... Résultat : un mort et cinq petits blessés.

— Et le mort c'est?

— C'est Roussin.

Je ressentis un coup violent au cœur et crois bien que je trébuchai un peu. Charlet continuait :

— Oui, il n'a pas eu d'chance le pauvre diable; il était en train de courir je ne sais pourquoi...

Et étendant le bras :

— Tien, il est tombé là, tout à côté, à vingt mètres à peine...

Le lendemain, à l'aube, j'allai voir Roussin. Ce n'était plus guère qu'une bouillie. Il avait reçu vingt-deux éclats.

♣

Des mois, des mois plus tard...

Il faisait exquisement doux ce soir-là; accroupis près de l'entrée de notre sape, nous parlions en fumant la pipe.

Notre secteur était extraordinairement calme. Des heures entières passaient sans que l'on entendît un coup de canon. Seul, un roulement indistinct nous parvenait parfois, selon la direction du vent, et nous rappelait que l'offensive de la Somme n'était point terminée et que des hommes mouraient toujours.

Oh! l'existence des poilus dans les bons secteurs, en plein été! Je ne mens pas, nous étions heureux. Nous avions une cagna profonde qui pouvait narguer les 150 Boches, une bonne cagna bien propre, aménagée successivement par plus de dix régiments et nos boyaux étaient tapissés de solides échelles japonaises sur tout leur parcours.

Les jours passaient, monotones certes, mais agréables. A part les corvées de soupe et la garde de père de famille auprès des mitrailleuses, nous n'avions rien à faire. Nous dormions quelque douze heures sur vingt-quatre; le reste du temps nous lisions ou jouions.

Il faisait exquisement doux ce soir-là. Un peu à l'écart, je bavardais avec le caporal Jasset qui commandait la deuxième pièce.

De quoi parlions-nous au juste, je ne me souviens pas; je crois me rappeler cependant que nous nous amusions à bâtir de vagues aphorismes sur la guerre. Puis la conversation tomba. Je regardais la fumée de ma pipe monter et disparaître dans le ciel pâli, éprouvant une joie animale et égoïste à goûter la douceur de ce crépuscule. Jasset me dit tout à coup :

— Regarde... la première étoile.

A ce moment, le sergent Turier nous interpella:

— Hé, les cabots! Faudrait songer à faire mettre vos pièces en batterie.

Chaque soir, à tour de rôle, entre chien et loup, nous allions faire placer nos mitrailleuses sur leur plateforme; puis, nous les pointions avec soin.

La veille, c'était moi qui avais accompli le travail, aussi comme Jasset ne bougeait pas :

— Eh bien, t'as entendu, mon vieux?

Il s'était placé à genoux devant moi (p. 2).

— Non, vas-y, toi, tu me feras plaisir. .

Il m'était pénible de quitter mon immobilité. Je répliquai :

— Comme c'est à ton tour, je n'irai certainement pas.

— Tu peux bien faire ça pour moi.

— En voilà un singulier caprice... J'ai dit non, c'est non.

Il insista ; je m'entêtai. Alors, il haussa les épaules en disant :

— Pardonne-moi, je suis idiot.

Et il s'en alla vers les plateformes suivi des deux tireurs.

Les minutes passèrent. Une Maxim balaya la plaine. Une Saint-Étienne lui répondit, plus rapide. La nuit était complètement venue. Le vent fraîchissait. Nous rentrâmes dans notre sape, descendant l'escalier à pic, en nous aidant de nos lampes électriques de poche.

Je me couchai et me mis à lire. Jasset avait son lit à côté du mien. Brusquement, j'interrogeai Bossot, mon tireur :

— Jasset n'est donc pas rentré avec vous ?

— J'pense pas... y n'est pas couché ?

— Non.

— Il s'ra resté à bavarder avec l'homme de garde.

— Non, puisque c'est au sergent à prendre le quart le premier.

— Eh bien y s'ra allé à la sape de la première section, voir les copains.

— Possible...

Je m'endormis. Une heure après, je fus réveillé en sursaut par des éclats de voix. Je me dressai. A la lumière vacillante d'une bougie, je distinguai deux hommes en portant un troisième. Le troisième, c'était Jasset. Il était mort.

Des fantassins revenant d'une corvée de fil de fer barbelé l'avaient trouvé étalé de tout son long dans le boyau, les bras collés au corps. Une malchance inouïe avait voulu qu'une balle pénétrât par une espèce de créneau désaffecté, juste au moment où il passait. Frappé au cœur, la mort avait été instantanée.

Le lendemain, le sergent Turier me montra une lettre découverte dans la poche de notre pauvre camarade et datée de l'avant-veille.

J'ai oublié les termes exacts de cette lettre, mais c'étaient à peu près ceux-ci :

« Mon cher Turier,

« Si tu lis ces mots — et tu les liras — c'est que je ne serai plus. Depuis hier, j'ai le pressentiment que je vais mourir; j'ai beau me raisonner, me dire que nous sommes en secteur calme et que je ne risque rien, peine inutile... Je ne me convaincs pas.

« Ci-joint une lettre pour ma fiancée. Je compte sur toi pour la lui faire parvenir.

« Tu voudras bien réunir mes petites affaires personnelles et les envoyer à ma mère dont tu trouveras l'adresse dans mon portefeuille.

« Il est triste de mourir à vingt-deux ans, mais tant et tant de jeunes hommes sont morts déjà et mourront encore!

« Adieu, mon cher Turier. A toi et aux copains, je vous dis bonne chance de tout mon cœur.

                                        « JASSET. »

Coïncidence ou pressentiment? Je ne sais et ne veux pas savoir; mais, parmi mes souvenirs de la Grande Guerre, ce sont peut-être les plus troublants.

II

La place du Sud

LE 22 août 1914, à midi un quart, le lieutenant Latal m'appelle et me dit :

— Petit... Tu vois cette boutique... Entre et rapporte-moi une chaise.

La boutique est une bijouterie. J'y pénètre. Personne. Je prends une chaise et la donne à mon chef de section qui la place sur le bord du trottoir. Il s'assied les jambes croisées, puis allume une cigarette en sifflotant.

Nous sommes à Charleroi sur la place du Sud. Il fait une chaleur d'étuve. Le soleil tombe d'aplomb; un soleil qu'on ne peut fixer, une tache de feu sans contours.

La lumière éclatante et crue baigne les hautes maisons blanches aux volets clos, le kiosque doré où, le dimanche, devaient jouer les orchestres militaires.

Nous n'avons pas fermé l'œil de la nuit, la section ayant pris les petits postes, aussi les hommes — au nombre d'une soixantaine — dorment-ils presque tous, allongés sur l'asphalte.

Des mitrailleuses crépitent, peu éloignées. Le canon gronde, sourd, par salves régulières.

L'immense bataille s'étend de Dinan à Charleroi.

Un agent de liaison survient, rouge, essoufflé :

— Le lieutenant Latal?

— Là-bas sur la chaise...

L'officier s'est assoupi, la tête penchée sur la poitrine; ses doigts ont conservé sa cigarette qui continue à se consumer.

— Un ordre du capitaine, mon lieutenant.

Sur le papier — une page de carnet — ces simples mots :

« D'après les renseignements divers que j'ai pu obtenir, les Allemands seront place du Sud dans une vingtaine de minutes. Nous devons reculer jusqu'à la gare. Vous rejoindrez lorsque vous le jugerez utile. »

— C'est bien. Merci.

Le lieutenant Latal plie le papier en quatre, le met dans la poche de sa tunique, se lève, tire sa montre... Il fait quelques pas, puis longuement regarde ses hommes, pensif.

Il avise une femme portant un grand panier.

— Où allez-vous, madame?

— Porter du linge.

— Vous voulez rire?... Les Alboches vont arriver.

— Qu'est-ce que ça peut m' faire à moi... Faut que j' porte mon linge.

— Faites comme vous voudrez... En tout cas, il est formellement défendu de passer par là...

Et la blanchisseuse, son lourd panier au bras, rebrousse chemin en maugréant.

Les minutes passent.

Voici deux jeunes filles qui viennent vers nous à petits pas. Deux ravissantes jeunes filles, élégantes, au regard clair et qui se ressemblent trop pour ne pas être sœurs. Sur le bras droit, elles portent un brassard blanc avec une croix rouge; à la main un petit sac contenant sans doute des pansements et des liquides pharmaceutiques. Elles viennent, infirmières bénévoles, pour soigner les prochains blessés là même où ils seront frappés. N'est-ce pas admirable?

Le lieutenant Latal tire à nouveau sa montre, puis il commande :

— Aux faisceaux!

Les hommes se lèvent et accourent, se placent sur deux rangs.

— Repos!. . Garde à vous!

Les talons claquent, et c'est la complète immobilité.

— Rompez... ceaux (1)!... Baïonnette... on (2)!... Allons, les enfants, un peu plus d'énergie... Manœuvrez avec ensemble comme à une revue de 14 Juillet... Recommençons...

Droit comme un I, serrant les poings, les yeux brillants, il commande à pleine voix :

— Baïonnette... on !

Et cette fois le mouvement est exécuté magnifiquement. D'un seul geste, les baïonnettes ont quitté leur fourreau, se sont élevées, toutes droites, bien parallèles. L'espace d'une seconde c'est une forêt de pointes d'acier éblouissantes et frémissantes brandies au-dessus des képis; puis elles s'accrochent aux armes et c'est à nouveau l'immobilité de statue.

Le lieutenant Latal ne peut réprimer un sourire de satisfaction.

— C'est bien... c'est très bien... Repos !

Puis avec une émotion mal contenue :

— Ecoutez, les enfants... Ecoutez bien... Dans quelques minutes nous allons recevoir le baptême du feu... Nous allons charger à la baïonnette...

Pas un muscle ne bouge sur les visages un peu pâles, mais résolus des hommes. Leurs yeux s'ouvrent tout grands et une fierté immense y brille... Les cœurs battent un peu plus fort dans les poitrines.

— ...Vous allez vous conduire en Français, c'est-à-dire magnifiquement... Vous me jetterez ces Allemands-là dans la rivière (3)...

(J'ai oublié le nom de cette toute petite rivière qui coule près de la place.)

— ...Afin d'être plus légers pour la charge, vous allez déposer vos sacs en carrés près du kiosque.

Un obus passe en mugissant, tout près, frappe le vaste hall vitré d'un hôtel. Des débris croulent.

L'officier se met au garde à vous :

— Premier obus, mes biffins... Saluons !

Des coups de feu très distincts. Un patrouilleur arrive en courant. Les Allemands sont à quatre cents mètres. Ils descendent prudemment la rue avec trois rangées de civils belges devant eux.

— Hue!... Hue donc !

C'est notre voiture de ravitaillement qui surgit, inattendue.

Le lieutenant Latal se précipite vers le conducteur :

— Vous n'allez pas décharger ici... Nous allons nous battre...

— J'ai reçu l'ordre, mon lieutenant... place du Sud, c'est ici... Faut que j' vide ma voiture.

Et il commence à décharger près du kiosque les lourds et rouges quartiers de bœuf qui s'affalent dans la poussière.

Un homme arrive nu-tête, suant, courbé sous un gros sac. Il

____

(1) Rompez les faisceaux. La première syllabe est supprimée dans le commandement.

(2) Baïonnette au canon.

(3) Authentique.

s'arrête, l'ouvre, en retire des bouteilles de bière et des paquets de cigarettes.

— Pour vous, les gars... Pour vous...

Et il fait hâtivement sa distribution à poignées. Nous bourrons nos musettes et buvons au goulot des bouteilles à larges lampées.

Soudain des accords arrivent à nos oreilles. Je reconnais l'air prenant de la *Tosca* :

> *Je meurs désespéré*
> *Et c'est mon dernier jour...*

Quel est l'original qui joue du piano en un pareil moment?

Les deux jeunes infirmières se sont assises sur le seuil d'une porte et bavardent, paisibles.

A l'autre extrémité de la place, deux mômes jouent aux billes avec de petits cris heureux.

Accoudées à un balcon, trois personnes — le père, la mère, l'enfant — nous regardent et nous sourient.

Quelle imprudence! Ne comprennent-ils donc pas que, dans un instant, ce sera la bataille ici? Que des balles risqueront de les atteindre! Ils semblent attendre d'une loge le commencement d'un spectacle.

Mais voici un autre patrouilleur :

— Les Allemands arrivent, mon lieutenant.

En effet, voici des coups de feu tout près... tout près... Une balle siffle même à mon oreille.

— Clairon! Tu vas nous sonner la charge, et chiquement, n'est-ce pas?

Seconde tragique. Je ferme les yeux, évoque mon foyer, les êtres que j'aime... Je prononce religieusement leurs noms.

Le lieutenant Latal a tiré son épée. Il se plante, les jambes écartées, devant la rue où doit arriver l'ennemi.

Une minute... un siècle...

Des bruits indéfinissables de choses renversées, des cris, un commandement farouche qui domine, roule, emplit l'atmosphère :

— En avant à la baïonnette!

Et c'est la charge.

III

Un anarchiste

C'ÉTAIT un grand gaillard taillé en hercule, un cultivateur breton, front bas, aux traits rudes.

Une nuit, il arriva à notre section avec un renfort. Sans prononcer une parole, il posa son barda sur une couchette et se mit à fumer sa pipe.

Au caporal qui lui demandait son nom, il répondit :

— Lekernec.

Après cinq journées de promiscuité, nous ne savions rien de lui. Il obéissait aux ordres sans discuter, l'air sombre, se confinant dans son mutisme obstiné.

Il nous intriguait. Tonarde, notre sergent, un bon vivant, avait inutilement essayé de le faire parler. A toutes les questions, il répondait soit oui, soit non, ou bien il haussait les épaules et levait la main pour signifier que ça ne l'intéressait pas.

Il ne riait jamais. Lorsque l'un d'entre nous faisait une plaisanterie un peu grosse et que chacun s'esclaffait bruyamment, lui ne bronchait pas, semblait ne pas comprendre.

Un jour — nous étions en première ligne — Lekernec reçut une lettre à l'écriture inexpérimentée, presque illisible. Il mit vingt minutes à la déchiffrer; lorsqu'il eut terminé, une lueur mauvaise passa dans ses yeux; il abattit brutalement son poing énorme sur la table, puis proféra :

— Ah! bon dieu d' bon dieu!

Et le soir, il parla; il parla brusquement, avec une loquacité déconcertante; les phrases se suivaient sans arrêt, violentes, farouches, comme un flot longtemps contenu qui brise sa digue.

L'un d'entre nous ayant déclaré que la paix était lointaine encore, il se mit à rire, à ricaner plutôt, puis, d'une voix âpre :

— J' pense bien que la paix est encore lointaine!... Ah! misère!... Perdre sa belle jeunesse ici, si c' n'est pas une honte!... Voilà trois ans qu' ça dure... et c' n'est qu'un commencement!... On finira tous par y laisser sa peau là-d'dans!... Vous entendez?... Tous sans exception!... Y en a pas un qu'en reviendra...

— Qu'est-ce que t'as, Lekernec? interrompit le sergent.

— J'ai que j' dis la vérité tout simplement... J'en ai assez d' me faire casser la figure pour un tas de sales embusqués qui s' payent not' fiole à l'arrière... J'en ai assez des bourrages de crâne... C' qui faudrait, c'est faire cesser cette tuerie... c'est se révolter...

— Pardon, fit à nouveau le sergent, je ne permettrai pas...

— Vous, le sergent, qui avez l'air si patriote, vous avez peut-être quéque chose à défendre, moi, j'ai peau d' zébie... Je ne demande qu'une chose, travailler pour gagner mon pain... J'ai pas été les provoquer, les Boches... J' les connais pas... Y m'ont rien fait à moi personnellement, s' pas?... Alors?

— Tu déraisonnes, mon vieux...

— Non, j' dis c' qui est... L'Allemagne? Connais pas! J' sais même pas où ça s' trouve... La patrie? Connais pas!... J' connais Plouemel, mon village... L'Alsace-Lorraine?... Connais pas!... J' m'en fiche de l'Alsace-Lorraine!... Si jamais on la reprend, voudriez-vous me dire, vous autres, si on m'en donnera un morceau?

Pendant plus d'une heure, il parla ainsi, sans suite, se grisant de ses propos spécieux, sans écouter les paroles des camarades qui essayaient de lui donner une juste compréhension des choses.

Le sergent me prit à part :

— Impossible de faire comprendre quoi que ce soit à cette brute, me dit-il, j'y renonce... mais c'est un individu dangereux et d'un exemple déplorable... Faut s'attendre à tout avec un énergumène pareil... Je le signalerai au capitaine lorsqu'il viendra.

Une heure et demie plus tard, comme le soir venait, Lekernec avait disparu. Dans sa gamelle, sa portion de rata attendait, toute froide. A dix heures il n'était pas rentré. Un camarade de la section voisine nous certifia l'avoir aperçu courant comme un fou dans une tranchée menant à un petit poste avancé.

Soucieux, le sergent marchait de long en large dans la cagna, les mains croisées derrière le dos. Il devait avoir la même pensée que moi, sans doute : Lekernec avait déserté.

— Tornade! C'est chez vous, n'est-ce pas, qu'est affecté Lekernec?

— Parfaitement, mon lieutenant.

Il ajouta, un peu pâle :

— Je voulais justement vous dire que ce Lekernec m'inquiète beaucoup... Je ne serais pas étonné qu'un jour ou l'autre il fasse des bêtises...

— Des bêtises!... Allons donc!... Lekernec est un as.

Tonarde répéta, interloqué :

— Un as?

— Oui, je dis bien : un as... Vous ne savez pas ce qu'il a fait?...

— Mon Dieu...

— Ecoutez-moi... J'étais à mon P. C. en train de lire lorsq l'on frappe à ma porte... Mon agent de liaison entre et me dit qu'u homme de ma compagnie désire me parler... Je donne l'ordre de l'introduire... Et que vois-je?... mon Lekernec souriant de toutes ses dents et tenant vigoureusement par le bras un Fritz superbe et minable... Je le pressai de questions... Alors il me répondit avec simplicité : « Que voulez-vous, mon lieutenant, comme j'avais un cafard terrible, j'ai été faire un p'tit tour dans la tranchée d'en face, histoire d' me changer les idées... »

Lorsque Lekernec revint parmi nous, il se mit à sangloter comme un gosse et à nous demander pardon pour les paroles qu'il avait prononcées.

— C'n'est pas d'ma faute, bégayait-il... J'vous jure que c'n'est pas d' ma faute... La vérité, c'est qu' j'avais l' cafard rapport à ma femme qu'est malade ainsi qu' mes deux gosses... Alors j' sais pas c' qui m'a pris... j'ai dit des choses honteuses mais que j' ne pensais pas, j' vous donne ma parole d'honneur...

Lekernec est mort six mois plus tard d'un éclat de 105 à la tempe. Il était devenu mon ami, un grand ami. Il s'était confié à moi sans réticences, me parlant de sa Bretagne si sauvage et si belle, de sa femme, de ses enfants, de ses efforts, de ses projets.

Sous ses dehors rudes et frustes, il cachait une âme d'élite et un cœur d'or. Brave Lekernec! J'ai envoyé à sa femme sa croix de guerre constellée de quatre étoiles d'argent.

———— * ————

IV

En Champagne

IL avait plu toute la nuit; il avait plu sans arrêt; pluie régulière, et drue et froide.

Il faut avoir été fantassin pendant la grande guerre pour comprendre ce que cela signifie; il faut avoir vécu ces heures de misère sombre, car les mots sont dérisoires, sont impuissants.

A la nuit tombante, nous étions arrivés au bas d'une petite colline, harassés par dix heures de combat. A trois kilomètres sur notre droite, nous avions le village de Tahure, de célèbre mémoire.

J'étais caporal. Le matin, j'avais onze hommes à mon escouade; le soir, j'en avais quatre; les sept autres étaient morts, tous, tués par le même obus.

L'adjudant — il se nommait Barabas — me dit :

— Nous allons passer la nuit là... Demain sans doute continuerons-nous la marche en avant... Fais creuser ta tranchée.

Les hommes ne protestèrent pas. Pour protester, il faut avoir des forces. Nous n'en avions plus.

Sans mot dire, nous déposâmes nos havre-sacs sur lesquels nous mîmes notre lebel; nous prîmes nos outils portatifs et nous creusâmes à grands coups comme des automates. Si nous avions pu raisonner, je crois que nous n'aurions pas eu l'énergie nécessaire.

Dans la terre, nos pelles et nos pioches pénétraient avec un son clair qui devait s'entendre au loin.

Les canons grondaient toujours, mais avec moins d'intensité. Parfois, à l'horizon, de grandes flammes déchiquetaient les ténèbres.

C'est alors que la pluie se mit à tomber; pluie de précoce automne aux larges gouttes. Elle tombait, inexorable, et peu à peu transperça nos vêtements. Je nouai un mouchoir autour de mon cou mais ne fis que retarder l'inéluctable échéance. L'eau, perfidement, glissa, gagna ma chair, toute glacée. Je vous le répète, il faut avoir été fantassin pour comprendre...

Nous continuâmes notre labeur, cependant, les bras gourds, affreusement douloureux. Nos dents claquaient.

Quand la tranchée fut achevée, nous nous recroquevillâmes dans la boue, la tête rentrée entre les épaules, les coudes collés au corps.

Et là, grelottants, sans pouvoir dormir ... oh! le supplice de ne pouvoir dormir lorsque l'on tombe de sommeil! — nous attendîmes... Quoi? Nous ne savions au juste... Que la pluie cessât ou bien que le jour libérateur parût. Heureusement nos pensées étaient trop floues pour nous faire peur.

Et que vois-je ? Mon Lekernec souriant et tenant par le bras un Fritz
superbe et minable... (p. 11.)

Vers minuit, des ombres se dessinèrent. Il y eut des appels a voix étouffée. C'étaient les hommes de soupe. Je n'avais pas faim; sans conviction, je mordis dans un morceau de viande sale, pleine de terre qui crissait sous mes dents, puis je bus un litre de vin, car le rabiot ne manquait pas, rapport aux morts.

Et la pluie tombait, tombait... l'eau dégoulinait de nos casques, de nos manches. La boue montait, nous appelait à elle, s'acharnait à posséder nos pauvres corps meurtris. Mes vêtements étaient si lourds qu'il me semblait être vêtu de plomb.

Un vieux, de la classe 93 ou 94, murmurait, pitoyable, toutes les cinq minutes :

— Bon Dieu, qué temps!.. C'est-y Dieu possible!

Un autre :

— Si encore j' pouvais en griller une!

Et un autre encore, un gavroche de Montrouge, chantonnait :

> *Il pleut, il pleut, bergère,*
> *Rentre tes blancs moutons...*

Un sergent me dit :

— Sais-tu où sont les Boches?

— Non.

Et j'eus envie de rire tant la question me parut misérable.

Tout à coup, un obus éclata à quelques mètres.

Je perçus un cri. Lorsque les derniers éclats eurent sifflé, je tendis le cou, mais Barabas, l'adjudant, me jeta, péremptoire :

— Viens avec moi.

Je le suivis, glissant, trébuchant, geignant. Devant nous, un tas noir en boule... un seul mort, face contre terre.

— Aide-moi.

J'obéis. Nous retournâmes le cadavre. Je n'étais pas émotionné; ma fatigue était trop forte; et puis, dans cette nuit noire et vibrante de déluge, il me semblait toucher à une chose très vieille, très vieille, qui jamais n'avait eu d'âme.

Seul, le visage faisait une tache grisâtre et tourmentée sur le fond noir des vêtements et du sol. Autour de nous, une obscurité opaque et hostile; pas d'horizon, pas de lignes, mais le bruissement monotone de la pluie. Dans ces moments-là, on a la sensation très nette que le soleil s'est éloigné de vous de milliards de lieues.

Barabas s'agenouilla dans la boue gluante. Il essuya ses mains aux aisselles et patiemment, à tâtons, détacha du poignet du mort la plaque d'identité formant bracelet, puis, dans un souffle, se parlant à lui-même :

— Pauvre diable!... C'était un bon p'tit gars d' la classe 15... J' le connaissais... Pendant une vingtaine de jours il a été mon ordonnance... Veux-tu qu' nous lui cherchions un trou d' marmite?... Tiens, prends les jambes, je prends la tête...

Et nous partîmes avec notre fardeau lugubre qui se balançait au rythme de notre marche.

Deux vers de Verlaine obsédaient bizarrement mon esprit :

Pour un cœur qui s'ennuie
Oh! le chant de la pluie...

— Tu vois un trou?
— Non... Et vous?
— Non.

Nous parcourûmes une centaine de mètres. Brusquement, je fis un faux-pas. Nous tombâmes tous trois; ma joue effleura celle du mort et sa barbe me piqua.

— Pas de chance, fit Barabas... Hein, tu parles d'une boue.

Nous repartîmes. La pluie tombait, tombait... Et c'était une chanson sur une seule note, lancinante à faire pleurer.

— Arrête, voici un trou.

Les jambes écartées, nous déposâmes le cadavre avec précaution.

— T'as une pelle?
— Oui.
— Alors, bouche le trou, ça s'ra plus propre.

Et sur les jambes, la poitrine, la figure, au hasard, je jetai la terre grasse par petites pelletées, ruisselant et les tempes moites.

— Mon adjudant, les pieds dépassent...
— Eh bien, pousse les jambes un peu sur le ventre.

Une balle siffla. Aucune onomatopée ne peut rendre, même approximativement, le son que produit une balle lorsqu'elle n'a parcouru encore que cent à deux cents mètres. C'est un son net, précis, une sorte de « clac », mais plus sec, plus clair.

Barabas eut un léger recul.

— J' crois que j' suis touché... mais non, j' n'ai rien... ou plutôt si... j' sens l' trou avec mon doigt... la balle a traversé mon bidon.
— Il est vide?

Je me rappelle très bien; j'ai proféré ces mots avec un intérêt non feint, m'arrêtant de jeter la terre.

Mots profonds, mots à méditer. Tout le Poilu s'y trouve, toute sa mentalité de vieux guerrier. La misère, la mort sont ses compagnes depuis trop longtemps déjà. Il n'y prête plus guère attention; mais les petites questions de chaque jour conservent toute leur importance... La question du vin surtout, de ce bon, de ce fidèle pinard qui a tant contribué à la grande victoire.

⁂

La nuit se fit moins noire. Par degrés les choses proches prirent des contours indécis, un relief vague, émergèrent comme des fantômes... et, à l'est, des lueurs sales s'élargirent, gagnant la moitié du ciel, un ciel gris-fumée, lourd de nuées.

La pluie tombait toujours, mais plus fine, et l'herbe, les arbres, se dessinèrent sans recouvrer leurs couleurs.

Oh! la tristesse, poignante indiciblement, des aubes livides sur les champs de bataille! Il semblait que le jour, sans force, se levât pour la fois dernière, jetant sa lumière raréfiée sur la terre agonisante.

L'adjudant Barabas avait ouvert son couteau et grattait la boue de sa capote, sérieux et attentif. La plupart des hommes tapaient du pied pour se réchauffer un peu; quelques-uns nettoyaient leur arme avec des chiffons.

Tout à coup j'aperçus le colonel qui causait nerveusement avec notre capitaine. Sa voix aiguë parvenait jusqu'à nous :

— Il n'y a plus de Boches, ils sont partis... Du reste, je tiens à rectifier le front de mon régiment, car nous pourrions avoir des désagréments avec l'artillerie... Et puis une contre-attaque n'est-elle pas toujours à redouter?... En ce cas, voyons, votre compagnie a-t-elle un champ de tir potable?... De toute évidence, elle n'en a pas... Vous voyez ce bois, n'est-ce pas?... Eh bien, à huit heures, il faut que vous l'occupiez...

Notre capitaine n'était sans doute pas du même avis et soulevait des objections, car le colonel reprit avec plus de force encore :

— Mais non... mais non... Et puis, que voulez-vous, c'est bien simple, s'il y a des Boches, vous les chasserez, voilà tout...

Et à sept heures, par petites fractions, la compagnie grimpa la colline. Le bois à occuper se trouvait à son sommet. Deux cents mètres environ à parcourir.

Nos vêtements trempés collaient à notre peau comme de la poix. Nous allions péniblement, balançant le torse, tenant notre lebel d'une main, notre outil de l'autre.

Les batteries de notre secteur se taisaient momentanément; les fusils étaient muets.

Lorsque nous atteignîmes la lisière, Barabas commanda : Halte! puis, me désignant :

— Toi, accompagne-moi... Nous allons faire une petite reconnaissance dans le bois... Paraît qu'il est inoccupé, mais vaut mieux être sûr...

Et s'adressant aux hommes :

— Couchez-vous et attendez... Nous allons revenir dans deux minutes.

L'adjudant et moi nous partîmes, échangeant quelques mots.

Le bois paraissait désert; notre artillerie l'avait fortement bombardé la veille; des troncs d'arbres, de-ci, de-là, étaient brisés net, un peu semblables à ces colonnes vétustes de vieux temples croulants, et des branches gisaient par centaines, effeuillées.

Nous avions parcouru une trentaine de mètres lorsque j'aperçus un ancien fortin formant demi-cercle; il pouvait avoir une largeur de cinq à six mètres et une hauteur de trente centimètres... un fouillis inextricable, quelques barbelés, des piquets renversés, de vastes entonnoirs, des casques, un sac, une bande de mitrailleuse à moitié vide... Les Boches avaient dû abandonner en toute hâte ce petit centre de résistance sous la violence de notre feu.

Et j'eus brusquement envie de pénétrer dans ce fortin. Peut-être se trouvait-il quelques « souvenirs » intéressants à emporter... un browning ou bien des jumelles...

J'avais déjà un pied sur le remblai et je n'avais plus qu'à pencher la tête pour voir de l'autre côté lorsqu'un gros lapin, tel une flèche, fila entre mes jambes.

— Hé! mon adjudant... un lapin... Tenez, là-bas...

J'avais prononcé cette phrase à voix haute, moitié riant, et je mis mon lebel en joue en manière de plaisanterie.

— Dommage qu'il se dirige sur les « nôtres »... Je lui aurais envoyé volontiers une balle ou deux... Mais c' pas tout ça... Va falloir aller dire aux copains d'avancer... le bois est abandonné...

Nous revînmes sur nos pas en bavardant gaiement.

Barabas cria de loin :

— Hé! les gars, avancez en tirailleurs, doucement...

Les hommes, à peu près sur une même ligne, avancèrent, s'interpellant. Les branches se brisaient ou ployaient sous leurs pas avec des claquements secs.

On se serait cru, ma foi, à une manœuvre du temps de paix.

Et soudain ce fut le drame atroce. A l'endroit exact où j'avais posé le pied quelques instants auparavant, sur le remblai, une mitrailleuse avait surgi et tirait à bout portant.

Que se passa-t-il? Je vis des hommes s'effondrer comme des masses, mortellement atteints; je vis des blessés qui hurlaient, terrifiés, lâchant leur arme, leur outil, s'enfuyant comme des déments; et je verrai toujours deux jeunes soldats, hagards, allongés sur le sol, se battant, farouches, afin de se protéger la tête derrière le tronc trop étroit d'un arbre...

Barabas, lui, s'était élancé, baïonnette haute. Sacrifice bien inutile, hélas!

Le soir, nous enlevâmes le fortin à la grenade.

Et souvent, bien souvent, je me souviens de ce matin d'automne où il pleuvait tant; je me souviens de ce bois qui paraissait si bien abandonné... et je me demande ce qu'il serait advenu si un lapin n'avait eu la bonne idée de filer entre mes jambes.

A la guerre, la vie tient à peu de chose quelquefois.

V

Deux amis

Un matin, à l'aube, la porte de notre baraque Adrian s'ouvrit avec fracas. Une voix forte cria : « Salut, les copains! » et une autre beaucoup plus douce : « Bonjour, messieurs! »

Les hommes, réveillés, se soulevèrent à moitié de leur couchette, les paupières clignotantes, grognèrent des mots inarticulés, puis remontèrent leurs couvertures par-dessus la tête.

Je ne dormais pas. Les deux nouveaux venus se débarrassèrent de leurs musettes et de leur sac.

— Comment vous nommez-vous? interrogeai-je.

Celui qui avait la voix forte déclara aussitôt :

— Gripoix Jules... Classe 15... Terrassier dans le civil... Poilu de deuxième classe dans le militaire... Trois blessures... Deux citations... Excellent garçon... Un peu bavard... Toujours de bonne humeur quoi qu'il arrive... N'aime pas le chichi ni le fla-fla... Dit

Et nous partîmes avec notre fardeau lugubre qui se balançait au rythme de notre marche (p. 14).

sa vérité à tout l' monde... Fait volontiers des calembours, pitoyables la plupart du temps... Déteste cordialement le Boche... en zigouille le plus possible... A un faible pour le pinard... Attend la victoire et la libération avec patience et jovialité... Ouf!... Es-tu content?

— V'là un numéro, pensai-je... S'il est affecté à ma pièce, c'est une affaire.

Ce Gripoix Jules était petit et franchement laid. Comme il le disait souvent, plagiant Cyrano sans le savoir : « La nature ne m'a pas bien modelé. » Mais il avait une physionomie sympathique et intelligente, des yeux extraordinairement vifs et malins, et un long nez pointu qui prêtait à rire. Il me plut tout de suite. Je tirai un paquet de cigarettes et lui en offrit une. Je tendis également le paquet à son camarade qui refusa :

— Non, je vous remercie infiniment... Je ne fume pas.

Alors Gripoix, goguenard :

— Monsieur s'appelle Filard, comme son père... Il ne fume pas... Monsieur n'aime pas le pinard... Monsieur n'a pas encore eu de totos... Monsieur emploie des mots d'académicien... Monsieur ouvre de grands yeux étonnés lorsque je lui dis que j' n'y pige que pouic (1) ou qu' les macchabs bousculent (2)... Monsieur ignore l'argot... mais excusez-le si son éducation de Poilu reste entièrement à faire, car il est généreux, plein de bonne volonté et n'hésite pas à serrer vigoureusement de ses mains fines celles plus rudes du prolétaire...

Filard offrait un grand contraste avec Gripoix. Il était timide et distingué, gauche et charmant. Il avait dix-huit ans à peine et s'était engagé dans l'infanterie pour la durée de la guerre.

— J'avais peur que la guerre ne se terminât avant l'appel de ma classe, disait-il souvent... Je voulais avoir vécu la plus grande guerre de tous les siècles.

Filard et Gripoix furent affectés à ma section. Pendant les six mois qu'ils y restèrent, Gripoix en fut le rayon de soleil, Filard le bon génie.

Filard donnait des leçons de français à Gripoix et lui écrivait ses lettres. Gripoix était le « tampon » de Filard et lui évitait les corvées pénibles. Filard payait du pinard à Gripoix. Gripoix distrayait Filard avec ses histoires cocasses.

Ils s'adoraient et ne se quittaient pas. On les blaguait gentiment. On disait à Gripoix : — Elle va bien ta femme aujourd'hui? Et à Filard : — Toujours obéissant ton homme?

Elles sont inestimables ces profondes amitiés scellées sur les champs de bataille.

Ce furent certainement mes six mois les plus heureux de la guerre. Notre régiment occupait le secteur de Bonval, au nord de Vic-sur-Aisne — un secteur rêvé. Nous n'étions plus des guerriers, mais plutôt des hommes qui vivions dans la terre, comme il y eut jadis des hommes qui vécurent dans les bois.

Depuis l'arrivée de Filard et de Gripoix, les vingt hommes de la section formaient une grande famille. Lorsque nous descendions au repos dans un coquet petit village, c'étaient des gueuletons monstres — excusez-moi l'expression — de ces noubas de poilus comme les civils les ignoreront toujours...

Ah! la belle, la saine gaîté de tous ces hommes jeunes qui avaient appris au contact de la misère et du danger à profiter de l'heure présente! Pas de retenue, pas de simagrées... Les cœurs ouverts, les yeux francs, les gestes larges, les rires sonores... Et nous applaudissions aux chansons de Gripoix avec plus de chaleur, plus d'enthousiasme que nous ne l'eussions fait dans les plus grands théâtres.

Je dois l'avouer, quelques-uns d'entre nous buvaient un peu trop parfois... Ils se grisaient, et les plus solides — les moins titubants

---

(1) Je n'y comprends rien.
(2) Les morts sentent mauvais.

plutôt — devaient alors les aider à regagner le cantonnement, devaient même les déshabiller et les coucher comme des enfants.

Oh! ne les blâmez pas, je vous en supplie... Songez qu'ils descendaient des premières lignes; songez qu'ils allaient y retourner... Songez que pour eux l'avenir était plein de menaces, et qu'avant le retour définitif au foyer, ils avaient la perspective de nombreuses batailles encore, de ces batailles où, bien souvent, les régiments virent leur effectif fondre de moitié. Et puis plus de trois années de campagne affaiblissent l'organisme; il suffit de très peu de vin, d'un litre quelquefois, pour s'enivrer... Certains avaient besoin d'oublier que la femme était dans la misère, que le gosse était malade...

C'était Filard qui naturellement réglait la plus grosse partie des dépenses.

Qu'il avait bon cœur, ce petit-là! Il avait procuré de riches marraines à quatre poilus des pays envahis. Il avait acheté des jeux pour se distraire dans la cagna, des ballons pour faire du football... Lorsqu'il fumait une cigarette, — car il s'était mis à fumer comme tout le monde — il ne manquait pas de faire circuler son étui.

Jamais je ne l'ai entendu se plaindre. Lui qui avait été choyé par ses parents, avait vécu dans le luxe et l'abondance, devait cependant trouver plus dur qu'un autre cette existence d'humble fantassin. Une fois pourtant je le vis désespéré: c'est lorsqu'il découvrit son premier pou; les larmes lui en venaient aux yeux, mais Gripoix lui déclara avec son bon sourire :

— T'en fais pas, mon p'tit gars... Tu m'passeras ta liquette chaque soir... J'ferai la chasse pour toi... Moi j'aime écraser les totos, ça m'distrait...

*
**

Gripoix avait mille petits talents de société, connaissait mille farces. Il faisait le camelot, jouait la *Marseillaise* sur ses dents, marchait sur les mains, imitait les cris des animaux, manipulait les cartes, disait le monologue, possédait un stock inépuisable d'anecdotes comiques...

Avec ses réparties amusantes, ses jeux de mots, sa bonne humeur constante, il nous était indispensable pendant les pénibles relèves sous la pluie, pendant les longues marches sur les routes interminables, pendant les heures d'inaction dans la cagna alors que les lettres n'arrivaient pas.

Lorsqu'il voyait un camarade en proie au cafard, il lui donnait une large tape sur l'épaule, puis :

— Ecoute-moi deux minutes... Une p'tite histoire à t'raconter...

Et il était si drôle, si drôle, avec ses grimaces, son grand nez pointu qui s'agitait, que le plus triste finissait par rire de bon cœur.

*
**

Le 2 août 1916, pendant l'offensive de la Somme, notre section était en première ligne.

Nous avions creusé de petites niches individuelles dans la paroi de la tranchée; juste de quoi nous recroqueviller pour nous protéger de la pluie et des petits éclats.

Nous devions franchir le parapet à sept heures du matin et prendre le village de Deniécourt. A six heures, les Boches attaquaient après un formidable bombardement.

Pendant la guerre, je me suis trouvé bien souvent sous des bombardements, mais je ne vis jamais pareil déluge d'obus sur un espace aussi restreint.

Je ne pense pas qu'il y eût un seul pouce de terrain épargné.

Toute la section avec ses deux mitrailleuses eût le temps de se replier légèrement dans une zone moins battue. Toute la section, sauf Filard et Gripoix.

Ils sont morts, ensevelis dans les petits trous qu'ils avaient creusés.

Lorsque tombèrent les premières marmites, Gripoix, l'incorrigible bavard, se mit à faire des réflexions :

— Tiens, vlà Fritz qui s'réveille!

— Deux fois rien... Qué's obus en rab qui les gênaient...

— Hé! Hé! Y s'fâchent pour de bon!

— C'est qu'c'est dangereux ces machins-là quand ça s'casse!

— Pas d'erreur, s'y continuent, y finiront par faire du vilain!

Mais bientôt sa voix ne me parvint plus à travers l'infernal mugissement.

Le lendemain, un peu au hasard — notre tranchée avait disparu — nous plantâmes deux modestes croix en bois blanc. Sur ces croix, les noms de nos camarades, leur classe, et la mention : « Mort au champ d'honneur. »

Nous n'avons pas pleuré. Les poilus en plein combat n'ont pas le temps de pleurer; mais le regard que nous avons jeté sur ces pauvres tombes valait mieux que les plus belles couronnes du monde et que les plus beaux discours.

VI

La grande guerre

Il était exagérément grand et d'une incroyable minceur; aussi avait-il à lui seul plus de sobriquets que tout le reste de la compagnie. Certains l'appelaient « Jour sans pain », d'autres « Gratte-ciel », d'autres encore « Bec de gaz » ou « Perche à houblon », mais le surnom sous lequel on le désignait le plus couramment, était sans contredit « la Grande guerre », probablement parce qu'on n'en apercevait jamais la fin.

« La Grande guerre » était employé de commerce dans la vie

vile. Devenu poilu, il s'était brusquement découvert des dons pour la poésie.

Excellent garçon, un peu gauche peut-être, il ne se fâchait jamais lorsqu'il était en butte aux plaisanteries un peu grosses de ses camarades.

— Tiens, vlà « la Grande guerre » qui pond encore des vers, disait-on souvent...

Lui se contentait de sourire, ou bien il répondait avec un grand sérieux, mais sans la moindre fatuité :

— Oui, je fais un poème...

Et il nous expliquait posément le développement de son sujet.

Quelquefois il n'entendait pas. A la recherche d'une rime récalcitrante, il suçait nerveusement son crayon, les yeux vagues et la tête dans ses mains.

Mais c'est à moi seul qu'il lisait ses œuvres. Il m'attirait à l'écart, au détour d'un boyau ou dans un coin inoccupé de la guitoune, et me déclamait ses vers à mi-voix. Quand il avait terminé, il me demandait anxieusement :

— Eh bien... Comment les trouves-tu?... Ça peut aller?

Il savait que mes réponses étaient sincères; aussi, lorsque je le félicitais, une lueur de joie brillait dans ses prunelles, et naïvement il proférait :

— Je suis content... Je suis bien content... Tu verras, je ferai beaucoup mieux... Je n'ai guère d'expérience encore...

Certes, il manquait d'expérience, mais il piochait ferme un traité de prosodie qu'il s'était fait envoyer, et ses progrès étaient réels.

Quand je lui disais :

— C'est très joli d'écrire des poèmes, mais quel but poursuis-tu?... As-tu l'intention de les faire paraître dans une revue?... Tu dois savoir que c'est très difficile et qu'il ne faut pas songer à une rénumération quelconque.

« La Grande guerre » éludait la réponse. Il verrait plus tard, quand ses poèmes seraient vraiment bien...

Devenu poète, il ne se croyait nullement d'essence supérieure, mais il sentait bien que la grande majorité de ses camarades ne pouvait goûter le charme d'un vers élégant ni le rythme d'une phrase ciselée.

Un jour que je l'avais complimenté plus vivement que de coutume, il me dit après une lutte intérieure :

— Tu sais pas c'que tu devrais faire si t'étais gentil?... Eh bien, toi qui as des relations dans le monde des lettres, tu devrais m'aider à faire passer ça...

« Ça », c'était un rondel qui m'était dédié. Nous nous trouvions en première ligne, et faute de papier convenable, il avait recopié avec soin sa poésie au dos d'une enveloppe.

Voici ces vers; ils manquent de « métier », certes, mais ils ont le charme d'une sincérité profonde, et expriment avec délicatesse le trouble d'une âme sensible.

CREPUSCULE

La cendre du soir estompe les choses;
Le ciel assombri se pointille d'or.
Un charme alangui, prenant son essor,
Verse un sourd regret dans les cœurs moroses.

Le silence est doux. Les engins de mort
Ont compris peut-être, et calmés, reposent...
La cendre du soir estompe les choses;
Le ciel assombri se pointille d'or.

Sans en discerner nettement la cause,
De chers souvenirs flottent sans effort.
Le jour agonise en un reflet rose...
Oh! Dieu qu'il est bon d'exister encor.
La cendre du soir estompe les choses.

J'ai envoyé cette poésie à un journal dont je tairai le nom.
Le rédacteur en chef l'accepta. Elle parut en première page, accompagnée de quelques mots élogieux.

Et j'ai rarement — jamais peut-être — vu un être aussi joyeux que « la Grande guerre » lorsque je lui tendis le journal. Il en avait les larmes aux yeux, et me flanqua deux gros baisers sonores sur les joues.

♣

Feuilletez les communiqués; vous y verrez mentionner plusieurs fois la ferme La Carmoy. On s'est beaucoup battu dans cette ferme, et maints soldats dorment sous ses débris leur dernier sommeil.

Les hommes de ma pièce logeaient dans une cave; une cave à moitié écroulée où l'on accédait difficilement en descendant une dizaine de marches disjointes.

Par mille fissures, l'eau pénétrait dans notre pauvre demeure, atteignant une hauteur moyenne de vingt centimètres; aussi, chaque matin, notre premier travail était-il de faire descendre le niveau de notre lac à l'aide de vieilles gamelles. Nous dormions sur de minuscules couchettes superposées faites de sacs à terre cloués sur des cadres de branches. Pour nous y glisser, nous devions faire de la véritable acrobatie. La nuit, nous avions toujours à notre portée notre masque contre les gaz et un solide gourdin pour effrayer les rats qui pullulaient. Au centre de la cave, une table émergeait, une table en chêne aux pieds graciles qui détonnait en pareil milieu, et tout le long de grosses poutres, pendait pêle-mêle le fouillis de nos musettes et de nos équipements.

« La Grande guerre » avait beau se recroqueviller, ramener ses genoux au menton, la moitié de son corps dépassait sa couche. Il déclarait chaque jour avec amertume :

— Dieu, que la pièce est exiguë... J'suis trop grand pour faire la guerre, moi...

A quoi un copain ajoutait sans malice :

— Sans compter qu'avec ta taille, t'as deux fois plus d'chance de t'faire dégommer qu'un autre...

« La Grande guerre », dans des positions inimaginables, composait tout de même des vers.

Une nuit, vers onze heures, l'homme de garde pénétra en tremblant dans la cagna en hurlant :

— Alerte, les gars! Alerte!

C'étaient les Boches qui tentaient un coup de main.

Il n'y avait pas deux minutes que nous nous trouvions aux plateformes de nos mitrailleuses quand un 210 tomba... Il tomba juste sur notre cave qui s'effondra, ensevelissant « la Grande guerre ».

Pour quelle cause notre camarade était-il resté dans la cagna? Ce n'était certainement pas parce qu'il avait eu peur : « la Grande guerre » avait obtenu deux magnifiques citations. Ne s'était-il pas réveillé ou s'était-il trouvé coincé en quelque sorte dans sa couchette? C'est possible, et ce sont les hypothèses qui prévalurent. Moi je suis intimement convaincu qu'il se trouvait dans le feu de la composition.

Le lendemain, lorsque nous dégageâmes son pauvre corps atrocement mutilé, il tenait entre ses doigts un papier; et, sur ce papier, ces vers étaient griffonnés au crayon :

> *Si je ne reviens pas après tant de souffrances,*
> *Ne plaignez point mon sort, ne versez pas de pleurs;*
> *Puisque le sacrifice est l'impôt du bonheur,*
> *Que ma mort contribue au salut de la France!*

« La Grande guerre » n'était pas un grand poète, mais c'était un vrai poète et un grand cœur.

FIN

Paris. Imp. d'Éditions, 8, r. Ménard-Jacques.

 IMP. E. LAFFRAY, 11, RUE D'ALENÇON, PARIS